청기와주유소 씨름 기담

최영훈 그림

정세랑 소설

청기와주유소 씨름 기담

창비

차 례

나는 열 살이 되기 전에 이미 60킬로를 넘었다. 어른들은 뚱뚱한 아이를 보면 모두 그 사실을 알아채지 못하는 척하려고 애를 쓰는데, 나는 대놓고 무례한 사람들만큼이나 지나치게 모른 척하는 사람들 역시 불편했다. 늘씬하고 훤칠한 완성형의 내 모습이 미래의 어딘가에 존재한다고, 듣는 나는 물론 말하는 자기 자신까지도 설득하려 하던 사람들 말이다. 젖살일 뿐이야, 키가 크려고 그래, 나중에 몰라보게 변할 거야……. 거짓말쟁이들이 지겨워서 모른 척 말고 못 본 척을 해 주었으면 했다. 항

상 숨고 싶었다. 숨기에 나는 너무 커다랬지만.

언젠가 할머니와 전철을 타고 먼 길을 가야 했던 날이 있었다. 할머니는 어린 나를 굳이 자기 무릎에 앉혔다. 할머니는 내가 아는 한 최고의 모른 척쟁이였고, 아마도 다리가 저렸을 테지만 맞은편 검은 창에 비친 얼굴은 태연했다. 아마 남들 보기 편한 장면은 아니었을 것이다. 발끝은 가까스로 바닥에 닿았다. 나는 할머니 무릎에 앉은 채 있는 힘껏 다리에 힘을 주었다.

맞은편에 앉았던 누나가 기억난다. 그 누나는 아주 귀여운 아이를 발견한 것처럼 나에게 미소 지었다. 그것은 아마도 친절이었겠지만, 아직도 그 얼굴이 기억나는 것을 보면 나는 무척 슬펐거나 어쨌든 그런 유의 미소가 견디기 힘들었던 것 같다.

사람들은 할머니가 나를 지나치게 먹이는 게 아닐까 지레짐작했지만, 그건 사실이 아니었다. 할머니는 그저 먹는 나를 말리지 않았을 뿐이다. 아빠는 중독에 약한 사람이었고, 엄마는 이 중독을 겨우 끊으면 저 중독을 다시 시작하는 아빠를 견디지 못하고 떠났다고 했다. 두 사람에 대해서는 별로 기억이 없다. 초등학교를 졸업할 때쯤 아빠가 멀리 강원도에서 죽고 말았는데, 마지막에 아빠를 사지로 몰아넣은 게 알코올이었는지 도박이었는지는 판단하기 어렵다. 할머니는 울었고 나는 그다지 울지 않았다. 주변에서 안타까워했던 것처럼 음식으로 부모의 부재와 관련된 감정적인 부분을 해결하려 했던 건 아닌 것 같다. 할머니로 충분했으니까. 그렇다고 먹는 게 대단히 즐거웠던 것도 아니다. 단순히 허기가 너무 괴로웠다. 다른 사람의 허기는 어떤지 몰라도, 나의 허기는 속을 할퀴고 뒤틀고 제때 배를 채워 주지 않으면 무척이나 기분 나쁜 어지럼증을 일으켰다. 공복이 기분 좋다는 친구들의 이야기를 한 번도 이해할 수 없었다. 설계인지 설비인지가 잘못된 몸이 아닐까 싶었다. 음식이 지나치게 빨리 내 몸을 지나가는 듯했는데, 몸이 커졌던 속도를 생각하면 그것은 내 기분일 뿐이고 흡수엔 문제가 없었던 모양이다.

"너는 날 닮아서 뼈가 튼튼해."

할머니는 언제나 일을 하고 있었고 일을 할 수 있는 몸인 걸 자랑스러워했다. 뼈가 약한 다른 할머니들을 안쓰러워하기도 했다. 할머니가 자신의 몸에 가지는 그 자부심이 너무 강해서, 나는 할머니가 잘 때 종종 앓는 소리를 낸다는 걸 도저히 말할 수 없었다. 할머니는 고통을 모른 척했고 가난을 모른 척했다. 용돈을 모아 파스를 사 줬을 때 어찌나 발끈하던지. 할머니들 사이에서 유행하던 석류 주스를 사 줬을 때가 훨씬 반응이 좋았다.

"결국 다 호르몬 때문이다."

할머니는 흥얼거리듯 매일 호르몬 탓을 했다. 할머니의 말을 듣고 있으면 지구상에서 멈추지 않는 전쟁도 호르몬 때문인 듯했다. 조금 더 커서야 그게 자식의 죽음에 대해 할머니가 오래 생각한 끝에 얻어 낸 대답인 걸 알았다.

중학교 때 100킬로그램에 육박했고, 고등학교 때는 100킬로를 홀쩍 넘었다. 씨름부가 유명한 학

교에 들어간 것은 굉장한 행운이 아닐 수 없었다.

"아이구, 아이구, 쓸 만한 게 들어왔네!"

입학하자마자 코치 선생님들이 두 팔을 벌려 뛰
어올 때는 좀 당황스러웠지만 씨름을 하게 된 건
내 인생에서 일어난 가장 좋은 일이었다. 물론 쉽
지는 않았다. 아침마다 일찍 일어나야 했고, 훈련은
힘들었고, 체급 관리 시기엔 죽음의 골짜기를 지나
는 것만 같았다. 팀의 전략에 따라 고등부 역사(力
士)로 출전하느냐, 장사(壯士)로 출전하느냐가 갈

렸고 그 결정에 따라 15킬로에서 20킬로를 조절해야 했다. 난생처음 허기에 억지로 고삐를 물려 길들여 보는 시간이었다. 혼자였다면 할 수 없었겠지만 모두 진지한 얼굴로 도와주었다.

　그냥 뚱뚱한 아이인 것과 씨름 선수인 것은 전혀 다른 이야기였고, 갑자기 전혀 다른 이야기 속에 놓인 것이 행복했다. 친구네 집에 놀러 가서 라면 여섯 개를 끓여 혼자 다 먹어도 선수니까 다들 대수롭지 않게 생각해 주었다. 비슷하게 체구가 큰 친구들과 함께 다니면 자신감이 붙었고, 무한 리필 음식점

사장님들만 빼고는 대개 긍정적인 감탄의 눈으로 바라봐 주었다. 살 밑에 산맥 같은 근육이 만져지기 시작했을 때는 스스로도 놀라웠다. 할머니는 내 자랑을 하느라 매일 바빴다.

그렇게 고등학교를 지나 프로로도 잠시 활동했다. 그다지 성적이 좋지 않아서 아주 잠시였지만 말이다. 한 끗이 모자랐다. 다른 사람들의 평도 그랬고 나 자신도 인정하지 않을 수 없었다. 힘도 기술도 빠지지 않았는데 그 한 끗은 대체 뭐였을까? 투지? 승부욕? 천하장사 전에서 나보다 아래 체급의 선수에게 졌을 때는 어찌나 분했는지 모른다. 대단한 성공까진 바라지도 않았다. 얼추 자리만 잡아 할머니를 은퇴시켜 주고 싶었다. 할머니는 열심히 노년을 모른 척하고 있었지만, 그 모른 척은 유효 기간이 길지 않을 게 뻔했다. 그래서 내 나름대로 간절했는데, 그런 간절함만으로는 프로의 세계에서 오래 버티지 못했다. 씨름판의 모래를 따뜻하게 달구던 강렬한 조명에 대한 꿈을 아주 가끔 꾸었지만, 이내 나조차도 내가 프로 선수였다는 걸 잊게 되었다.

좌절을 잊기 위해 2주 정도 쉬었을까, 사실 그 정도로는 부족했지만 몸을 일으켜야 했다. 곧바로 집에서 멀지 않은 주유소에서 아르바이트를 시작했다. 아무 주유소는 아니었다. 청기와주유소였으니까. 청와대도 백악관을 베낀 것 같은데 그런 청와대를 한 번 더 베낀 것 같은 기묘한 건물이었다. 내가 청기와주유소에서 일한다고 하면 친구들은 낄낄거렸다.

"네가 그 앞에 서 있으면 절에 있는 인왕 같겠네."

웃긴 그림이라고 생각했을 것이다. 하지만 알바생들은 내심 자부심이 있었고 상대적으로 근속 기간이 길었다. 유명 정유 회사의 1호점이었고, 43년 동안 홍대의 랜드마크였다. 우스우면 우스운 대로, 기묘하면 기묘한 대로 아무도 잊지 못할 건물이었다.

주유소 점장님은 유독 나를 편애했는데, 매일 아침 출근할 때마다 "우리 씨름 선수 왔네." 하고 알은체를 할 정도였다. 그냥 하는 소리인 줄 알았는데 알고 보니 씨름판을 좀 쫓아다녔던 팬이었다. 오이지를 연상시키는 작고 등이 휜 체형. 점장님도 점장님 나름대로의 콤플렉스 때문에 씨름을 좋아했던 건 아닌가 싶다. 일이 끝나면 나를 붙들고 그렇게 꼭 어딜 가자고 했다. 처음엔 조금 난감했지만

다니다 보니 나에게도 나쁘지 않았다. 허기는 여전히 나를 괴롭혔고, 남이 사 주는 밥으로 배를 한 번이라도 더 채우면 나았다. 주유소 알바비로는 사실 식비도 아슬아슬했다. 소문에 따르면 애초에 꽤 있는 집 출신이라는 점장님은 고급스러운 음식을 양껏 사 주었고, 골프 연습장에 데려가 주었다. 왜 나와 시간을 보내고 싶어 하는지 이해할 수 없었지만 미래에 대한 고민으로 잠도 잘 오지 않던 차에 머리를 비우기 좋았다. 아무 생각 없이 골프채를 휘둘렀다. 점장님은 자세가 좋았고, 나는 힘이 좋았다.

"이쑤시개를 든 것 같네, 골프채를 들었는데 이쑤시개를 든 것 같아. 자네 재능 있어!"

점장님의 추켜올리는 말이 듣기 싫지 않았고,

할머니 드리라고 가끔 챙겨 주는 건강식품들도 못 이기는 척 받곤 했다. 주는데 굳이 안 받을 것 있나 싶었다.

가끔 친구들이 주유소 근처에 와서 연락을 했지만, 홍대 근처에서 친구들과 놀기란 의외로 별로 재밌지 않았다. 비좁기 짝이 없는 홍대 클럽에 밀고 들어가는 것도, 다리가 부실한 포장마차 의자에 위태롭게 앉는 것도, 유리창이 훤히 뚫린 노래방도, 맞는 옷은 하나도 안 파는 옷가게들도 다 싫었다. 홍대에서 내가 좋아한 장소는 오로지 웅장한, 기골이 장대한 주유소뿐이었다.

그 주유소를 허문다는 말에, 다른 알바생들은 더 실제적인 문제들을 걱정했겠지만 나는 감정적으로까지 상처를 받았다. 부모가 나를 떠났을 때도 느끼지 않았던 상실감을 느꼈다. 어떻게 랜드마크를 허문단 말인가? 주변의 모든 것들이 '청기와'라고 불리는데? 청기와주유소가 사라지면 택시를 타서 이 부근을 어떻게 설명한단 말인가? 어떻게 이렇게 멀쩡한 것을, 독특한 것을 하루아침에 없애버린단 건가? 나의 둔한 몸과 마음이 겨우 여기에 적응했는데……. 어쩌면 세상을 제대로 이해할 만큼 내가 기민하지 않은 게 문제인지도 몰랐다. 소식을 들은 날이 끝나 갈 때쯤엔 어째선지 나 자신을 탓하고 있었다.

그런데 마감 시간 직전, 점장님이 나를 향해 까딱까딱 손짓을 하는 것이었다.

"다른 사람들한테 말하지 마. 사실 주유소 땅을 산 투자 회사에 나도 지분이 좀 있어."

"아, 빌딩 올린다면서요."

"응응, 높이 올릴 거야. 그러니 자넨 내 경호원 하면 어때? 시급은 세게 쳐 줄게. 부동산 사업을 하려니까 험한 사람들이 워낙 많아서 말이지. 그냥 내 뒤에 폼 잡고 서 있기만 하면 돼."

그것은 고마운 제안이었고, 나는 점장님과 나의 기묘한 관계를 싫어하지 않았기에 하루도 채 생각하지 않고 받아들이기로 했다.

해체 공사가 시작되었고, 청기와주유소는 기와를 벗기자마자 볼품없는 콘크리트 건물로 변했다. 특별하다고 생각했는데 초라했다. 세 번에 나누어 건물을 폭삭 무너뜨렸다. 수십 년 동안 한자리를 지켰던 건물이 흔적도 없이 사라졌다.

사라진 건물은 머릿속에서도 희미해져 갔다.

한동안 나는 뚱한 얼굴로 점장님 뒤에 서 있었다. 점장님 말만큼 다니는 곳이 험악하지는 않았지만 내 존재가 도움이 되는 듯은 싶었다. 어깨, 덩치, 아무도 그런 말로 나를 직접 부르지는 않았어도 그게 내 역할인 걸 알고 있었다. 몇 번의 시답잖은 회의가 끝나면 예전처럼 골프 연습장에 갔다.

　　"너 이제, 필드에 나가 봐야 하지 않겠냐?"

점장님이 그렇게 웃으며 말했을 즈음엔 나도 골프에 꽤 매력을 느끼고 있었다. 남의 돈으로 이렇게까지 쳐도 되나 싶었지만 말이다.

필드는 스크린이랑은 느낌이 달랐다. 나는 잔디 여기저기를 움푹 파이게 만들었지만, 꽤 괜찮은 스코어를 올렸다. 점장님의 재능 있다는 칭찬이 아주 빈말은 아니었던 듯했다. 무엇보다 골프장의 정적이 좋았다. 음악도 없는 정적은 처음 만나 보는 것이었다. 서울은, 홍대는 거리에서 너무 많은 노래들이 서로 엉켜드니까 말이다. 평소에 수다스러운 점장님도 잔디 위에선 말이 없었다. 우리는 떨어져 걷고, 채를 휘두르고, 그늘에서 음료수를 마셨다. 모래 벙커에 공이 빠져도 마음이 산란하지 않았다. 나는 원래 모래 위에서 가장 강한걸. 힘 있게 찍어 올리면 공은 금방 빠져나왔다.

몇 번인가 골프장에 다녀왔을 때였다. 점장님이 술을 먹자고 했다. 점장님도 나도 술을 안 좋아해서 뭔가 할 얘기가 있구나 싶기는 했다.

"프로 데뷔시켜 줄게."

생각보다도 더 파격적인 제안이었다.

"왜요?"

아무리 마음에 드는 직원이라도, 씨름 팬이었다 해도 말이 안 됐다. 프로 골퍼 데뷔에 돈이 얼마나 많이 드는데 생판 남인 나를 왜?

그 대신
내 양자 해라.

"그 대신 내 양자 해라."

그것도 이해가 되지 않기는 마찬가지였다. 점장님은 외로이 서교동 동교동을 돌아다니지만, 가족이 없는 것은 아니었다. 눈치로 보아 별거 중인 듯한 부인도 있고, 외국에서 공부하고 있는 자식도 둘이나 있었다.

"어…… 왜 그런 말씀을 하시는지 제가 잘 모르겠네요. 어쨌든 할머니 모셔야 해서 안 돼요."

"나랑 살자는 말이 아니야. 서류상으로만 하면 돼. 프로 데뷔도 시켜 주고, 나중에 나 죽으면 유산도 물려줄게."

"그러니까, 대체 왜요?"

점장님은 그러자 지갑을 뒤적뒤적하더니 진짜 오래된 사진 하나를 꺼내 놨다. 호랑이 눈썹에 힘 좋게 생긴 남자 하나가 도포를 입고 있는 사진이었다. 도포를 입었지만 머리와 수염은 말끔히 깎은 신식이었고 턱 근육이 꽉 물려 있었다.

"우리 고조할아버지야."

"아…… 점장님이랑은 별로 안 닮으셨네요."

"응. 고조할아버지가 집안을 일으켜 세우신 이래, 다들 변변치 못하게 덩치가 쪼그라들었지. 잘생긴 얼굴만은 그대로 남았어도."

덩치가 쪼그라든 건 알겠지만 후자에 대해선 납득하기 어려웠다. 그즈음에서는 어디로 흐를지 모를 이야기인 걸 깨닫고 포기한 채 이어지길 기다리

게 되었다.

"우리 고조할아버지, 집안을 어떻게 일으켜 세우셨게?"

점장님이 눈을 반짝이며 물었다.

"글쎄요."
"씨름을 했어."
"네?"
"씨름을 했다고."
"대회에서 한몫 마련하신 거예요?"
"아니, 도깨비랑 씨름을 해서 이겼어."

그 순간 마음속 어딘가가 덜컥했다. 우리 점장님이 멀쩡한 직장 없이 부동산 투기를 시작하더니

글쎄요.

씨름을
했어.

네?

씨름을
했다고.

대회에서
한몫
마련하신
거예요?

아니.

도깨비랑
씨름을 해서
이겼어.

결국엔 정신을 놨구나 싶었던 것이다. 내가 대꾸도 못 하고 컵 가장자리를 물고 있자, 점장님은 계속 말하라는 뜻으로 받아들였던 듯하다.

"100년 전에, 마포 나루에서 지게꾼 일을 하셨거든. 쌀을 한 가마니도 아니고 두 가마니씩 옮겼다는 말이 있을 정도로 소문난 동네 장사였어. 고조할아버지께서 늦게까지 일을 하고 술도 거나하게 취해서 돌아오는데…… 그때부터는 자네도 들었던 옛날이야기지. 낯선 사람이 씨름을 하자고 하는. 밤새도록 씨름을 해서 해가 뜨기 직전에 이기셨지."

"이겼다고요? 보통 비기지 않나요, 도깨비 씨름은? 깨어 보니 고목나무였다든가, 빗자루였다든가."

"보통 장사가 아니셨다니까 그러네. 이겨 놨더

니 도깨비가 뭐가 갖고 싶으냐고 묻더래. 그래서 땅이 갖고 싶다고 하셨대. 뭐, 그 시절에 제일 갖고 싶은 건 아무래도 땅이지. 지금도 그렇고."

"그 땅이……."

"그 땅이 주유소 자리지. 근데 주진 못하고 빌려 주겠다 했대. 50년 동안. 진 게 그렇게 싫었나 봐, 그 도깨비는. 50년 후에 네 자손과 씨름을 해서 다시 결정하자고, 재시합을 약속한 거지. 그 땅 자체는 그리 크지도 않지만 그 땅을 손에 넣고 나자 대단한 속도로 부를 모을 수 있었다고 해. 마치 저절로 모이는 것 같았다고 말이야."

"점장님은 그 이야기를 진짜로 믿으시는 거예요?"

"처음엔 믿지 않았어, 처음엔. 그런데 그 땅이 나를 잡아당긴 것처럼 주유소에서 일하게 된 것도 그렇고, 거기서 일할 때 가끔 땅 밑에서 나는 소리를 들었어……. 아무도 없는데 누군가 부루퉁하게 중얼거리는 소리를."

"피곤할 때 환청을 들으신 거겠죠."

점장님은 나의 합리적인 지적에 가볍게 고개를 젓고는, 온 세상을 의심하는 눈초리로 창밖을 바라보았다.

"이 동네라면 가능한 이야기야. 근처에 오래 살았으니 알겠지만 지기(地氣)가 조금 이상한 동네잖아. 도깨비도, 도깨비보다 더한 것도 충분히 나올 수 있어."

지기라니, 땅의 기운이라는 뜻이…… 맞겠지?

나는 그런 단어조차도 낯설었다. 끝까지 듣고 벗어나기 위해 다음 이야기를 물었다.

"그럼 50년 전엔, 어떻게 됐어요?"

"정유 회사에 넘어갔으니 뻔한 얘기 아냐. 우리 할아버지가 져 버린 거지. 도깨비가 웃으며 50년 후에 보자고 했다더군. 그런데 씨름에 진 뒤에 남은 건 모든 방면에서 쇠락뿐이었고, 심지어 씨름을 할 사람도 남지 않은 거야."

"그래서 저더러 씨름을 하라고요? 도깨비랑?"

"뭐, 자네가 잃을 건 없잖아? 속는 셈 치고 몸 만들고 훈련해 봐. 그랬다가 도깨비가 나타나지 않으면, 내가 헛소리했다고 깨끗하게 인정할게. 나는 우스운 사람 되는 거 두렵지 않아. 세상 우스운 사람 되더라도 이게 해볼 만한 일이라는 확신이 있거든."

그때껏 나는 제대로 된 확신을 가져 본 적 없었
고, 그래서 다른 사람의 확신에 조금 휘둘리고 말
았다.

점장님은 생각할 시간을 주겠다고 하더니 다음
날 당장 헬스클럽 등록증을 내밀었다. 흔한 헬스클

럽이 아니라, 기구들이 새것처럼 번쩍번쩍한 고급 회원제 클럽이었다. 프로 선수일 때도 그 정도 시설을 쓰진 못했는데 혹할 수밖에 없었다. 운동 기구들은 언제나 잘 관리되어 있어서 기분 나쁜 소리를 내지 않았고, 손잡이는 누가 매일 닦는지 보송보송했다. 깨끗한 운동복과 부드러운 수건과 구석구석 놓인 공기 청정기까지, 전에 누려 보지 못한

호사였다. 나도 모르게 매일같이 나가 몸을 만들었다. 다행히 오래 쓰지 않은 내 근육들은 완전히 사라지지 않았고, 천천히 자극을 받아 예전으로 돌아가려 꿈틀거렸다.

"그 사람, 사기꾼이야. 이유 없이 잘해 주는 사람이 어디 있다니?"

할머니에게 이유를 설명하고 싶었지만, 도무지 입이 떨어지지 않았다. 도깨비 이야기를 어떻게 한단 말인가? 다른 사람의 망상에 이용당하고, 어쩌면 나도 좀 이용하고 있다고? 할머니는 나를 비겁한 인간으로 키우지 않기 위해 나름대로 최선을 다했는데 실망시키기 싫었다. 비좁은 집에서 할머니를 피하기는 어려웠고 할머니는 내가 대체 뭘 하고

다니는지 시시각각 캐물었다. 왜 평소처럼 모른 척
해 주지 않는 것인지, 이상한 데 감이 좋다고밖에
할 수 없었다. 양자로 들어가기로 한 것까지 들켰
으면 어땠을지 상상하기도 싫다. 할머니는 서류 같
은 걸 심하다 싶게 어려워하고 꺼려 했으므로 좀처
럼 주민 센터에 가지 않는 사람이었고 그게 나한텐
무척 다행이었다.

할머니도 피할 겸, 훈련도 더 체계적으로 할 겸, 오랜만에 고등학교 씨름부에 연락을 넣어 후배들 연습 판에도 자주 끼었다. 씨름부 사람들에겐 내가 프로로 재기를 노리고 있다고 말했는데, 다들 동정 반 응원 반으로 더는 묻지 않았다.

그동안 점장님은 자주 만나지 않았고, 도깨비 씨름 이야기도 구체적으로 다시 나오지 않았다. 점장님은 그저 내가 운동을 어떻게 하고 있는지 종종 점검했을 뿐이다. 두 달의 훈련 끝에 점장님이 다시 한번 내 의사를 물었다. 성격답지 않게 진득하게 기다린다 했더니.

"할 거야? 하는 거지?"

나도 내 성격답지 않게 정확히 요구했다. 서류
상의 아들이 되어 줄 테니, 약속한 모든 것을 신속
히 서면으로 정리해 달라고. 다행히 학창 시절 라
면 여섯 개를 자주 제공해 주던 친구 중 한 명이 법
대에 다녔다. 계약서 검토쯤은 할 줄 알았다. 그 친
구가 본 것 중 가장 이상한 계약서였을 테지만.

　"그래서, 언제예요?"
　"오는 그믐."
　"나더러 점장님 자식이 아니라고 하면 어떡해
요?"
　"가족 관계 증명서 뗀 거 보여 줘."
　"통하려나, 가족 관계 증명서."
　"저, 그리고 말인데…… 도깨비 말이야, 막 그렇
게 친근한 얼굴은 아닌가 보더라고."

"애초에 그런 건 기대 안 했는데요."

"동화책에 나오는 것 같진 않다더라고."

점장님이 묘한 표정을 지었다. 정말로 믿고 있구나 싶어 나는 좀 아득해졌다. 도깨비의 얼굴을 머릿속으로 그려 보려 했지만 바보 같고 우스꽝스러운 그림밖에 생각나지 않았다. 그런 걸 미리 그릴 수 있을 리 없었다.

그믐이라, 하고 나는 대수롭지 않게 중얼거렸던 것 같다. 현대인에게 그믐은 의미를 잃은 지 오래였다. 달이 없어도 거리는 언제나 희게 빛났으니 말이다.

주유소가 사라진 자리는 한동안 폐허처럼 비어 있다가, 슬슬 지반 공사가 시작되자 한 모퉁이에 모델 하우스가 들어섰다.

모델 하우스의 영업은 오후 6시까지였고, 일하는 사람들은 7시 즈음에 전부 퇴근했다. 나는 점장님이 모종의 수를 써 7시 이후에 모델 하우스에 남게 되었다. 문단속에 대한 여러 주의 사항을 전달해 주던 직원은 그 상황을 이상하게 생각했지만 딱히 더 알고 싶어 하진 않았다.

그믐에다가, 늦장마의 한가운데였다. 도깨비보다 곰팡이가 더 무서워서 나는 집을 나와 밤을 보내는 게 오히려 반가울 정도였다. 집에 있으면 숨을 쉴 때마다 곰팡이 포자를 들이마시는 것만 같았다. 그 느낌이 정말이지 지겨워서 도깨비든 뭐든 엎어 버려야겠다고 다시 결심하게 되었다. 돈이 필요했다. 장마철에 끔찍한 집에 살지 않으려면 돈이 필요했다. 한여름과 겨울에 특히나 처참해지던 집이었다. 애써 독한 약품을 뿌려 보기도 했는데, 곰팡이는 죽지 않고 약품 냄새까지 더해져 할머니와 나를 괴롭혔다. 우리는 그 나쁜 공기가 고이는 집에서 나와야 했다.

나는 도깨비가 약속한 땅, 그 땅 구석구석을 비추고 있는 CCTV 앞을 어슬렁거렸다. 몇 번인가 모니터에서 수상한 사람을 발견하고 뛰쳐나가 보았지만 지름길 삼아 건물터를 가로질러 지나가는 사람이거나, 모델 하우스 뒤편에서 잠을 자려고 흘러든 노숙인일 뿐이었다. 그 아저씨는 날 보고 흠칫하며 자리를 피했다. 쫓아내려거나 위압적으로 보이려던 건 아닌데 덩치가 덩치다 보니 오해를 샀다.

밤이 깊도록 CCTV 화면 앞에서 꾸벅꾸벅 졸며 눈을 뜨고 있으려고 애썼다. 헛웃음도 나고 화도 났다. 대체 어쩌다 이런 바보 같은 일에 휘말린 건가 싶었고, 쉬운 돈 바라지 말고 점장님과도 관계를 끊어야겠다 싶었다. 할머니라면 점장님한테도 무슨 호르몬 문제가 있는 거라고 말했을 테다. 세상은 균형을 잃은 사람들로 가득하고, 그런 사람들일수록 서로를 멀리해야 할 필요가 있었다. 나는 탁자 위에 둘둘 말아 내려놓은 샅바를 종이봉투에 대충 집어넣었다. 혹시나 몰라 도깨비 것까지 두 개를 빨아 온 샅바가 무색하기 그지없었다.

그때 등 뒤에서, CCTV의 모든 화면이 한꺼번에 꺼졌다. 방수 바람막이 점퍼에 닿은 목덜미의 솜털이 바짝 일어섰다.

한창 매일 씨름을 하던 때엔, 상대방이 기술을 걸어오기 직전에 미리 느낄 수 있었다. 어떻게 그럴 수 있었는지 설명하기는 어렵지만, 상대의 기술이 아직 발동되기 전에 알 수 있었다. 호미걸이가 들어온다, 뒤집기가 들어온다…… 아무 기미 없이도 0.5초쯤 먼저 알아챘다. 방어를 할 수 있느냐 없느냐는 그다음 문제였지만, 강렬한 직감의 순간들이 있었다.

"온다."

까맣게 꺼진 화면들 앞에서 나도 모르게 말했고, 화면 하나가 다시 켜졌다. 딱 하나만이.

화면은 맨홀을 비추고 있었다. 무거운 맨홀 뚜껑이 완전히 옆으로 치워져 열려 있었다. 왔다, 왔구나. 나는 샅바 두 개를 감아쥐고 정신없이 건물 밖으로 나갔다. 확인해야 했다. 맨홀에서 나온 게 무엇인지. 공포 영화에서는 주인공들이 꼭 도망치

지 않고 어둠 속에 도사리고 있는 게 뭔지 확인하려고 들어서 보는 사람을 답답하게 만들곤 하는데, 정말 그런 상황에 처하면 확인이 하고 싶다. 확인하지 않으면 평생 뒷머리에 차가운 손가락이 들어 있는 느낌이 날 걸 알기에 말이다.

맨홀이 있는 모델 하우스 오른쪽으로 발걸음을 옮기며 나는 50년, 50년 하고 나도 모르게 중얼거렸다. 나의 남은 생이 결정될 거라는 예감에 무척 신경 쓰였다. 100년이라면 오히려 무감했을 텐데, 50년이라면 정말 내 인생 전부에 가까웠다. 도깨비들은 심리전의 대가인지도 모르겠다. 나의 50년, 점장님의 남은 시간 전부, 서울의 변해 갈 50년, 나아가 한국과 지구의 상상되지 않는 50년, 여하튼 제일 중요한 건 나의 50년. 걸음걸음마다 현기증 나는 생각이 뒤이었다.

맨홀은 그늘 속에 있었고, 바닥이 보이지 않았다. 대체 어디에서 온 건가. 대체 어떻게 온 건가. 내가 맨홀에서 물러나자, 가로등에서 가장 먼 곳에서 도깨비가 걸어 나왔다. 나는 웃음과 비명의 중간쯤 되는 소리를 내고 말았다. 갑자기 비가 더 강하게 쏟아지기 시작했다.

도깨비가 다가온 만큼, 나도 도깨비에게 다가갔다. 힘든 몇 걸음이었다.

도깨비는 짚으로 만든 우비를 쓰고 있었는데, 깔끔하고 보송보송한 짚이냐면 그건 아니고 언제적 짚인지 짐작도 안 가는 데다가 하수구를 헤맸는지 오물이 잔뜩 묻어 있었다. 빗속에서도 강렬한 냄새가 났다. 벗고 하실 거죠, 라고 차마 못 물어본 나는 삽바를 내밀었다. 도깨비는 아무런 반응 없이

다리를 벌리고 섰다. 샅바를 든 내 손이 허공에 어색하게 내밀어진 채였고, 힐끔 내려다보니 도깨비의 지저분한 천으로 감싼 발이 커다랬다. 균형을 잘 잡을 것 같은, 위협적인 발이었다. 어쩔 수 없이 나도 샅바를 멀찍이 던졌다. 움직이기 편하게 신축성이 있는 바지를 골랐는데, 막상 쭈그려 앉으니 바지는 타이트했고 샅바를 거부당한 게 다소 당황스러웠던 기억이 난다.

냄새에 익숙해졌다고 생각했는데, 도깨비와 몸을 밀착하려니 숨을 한도껏 참아야 했다. 게다가 그게 문제의 전부가 아니었다. 우비 밑으로 잔뜩 붙은 다슬기며 작은 소라, 고둥이 보였다. 도깨비의 몸에 발을 꽉 붙이고 뾰족한 끄트머리는 나를 향한 채 빈틈없이 달려 있었다. 도깨비 놈, 페어플레이라는 말은 들어보지도 못한 게 틀림없었다. 나

는 바람막이를 벗으려다가 맨살이 찔리면 아무래도 집중이 안 될 것 같아서 그냥 도깨비의 허리께를 잡았다. 삭은 노끈 같은 게 잡혔고, 도깨비의 손은 내 바지 벨트 고리와 그 부근을 파고 들어왔다. 도깨비의 손과 어깨와 몸과 귀와…… 그 모든 부위는 실체를 가지고 있었지만, 세상에 존재하는 방식이 무언가 잘못되었다는 느낌이었다. 그렇게 오래된 것이 그렇게 실체를 가지면 안 될 것만 같았고 그것과 닿아 있으니 정말로 더러운, 더러운 기분이었다.

그리고 옛날이야기대로, 좀처럼 움직이지 않았다. 움직일 수 없었다. 나는 도깨비가 주는 만큼만 딱 힘을 주고 있었는데 이내 도깨비 쪽이 딱 내가 주는 만큼만 힘을 주었으므로, 슬쩍 힘을 빼며 움직임을 도모하려던 내 작전은 실패했다. 어설프게

앞무릎 치기를 한 번 시도했을 뿐, 그 이후로는 다리 하나는 물론 발가락 하나도 꿈틀할 수 없었다. 땀이 나다가 식을 만큼의 시간 동안 도깨비의 어깨에 턱을 짓이기고 있었는데 점점 더 집중하기 힘들어졌다. 씨름을 시작하기 전에, 도깨비의 입술을 봤던 것 같았다. 그것은 물에 오래 불은, 완전히 닫히지도 열리지도 않은 틈에 가까웠고 잘못 아문 상처처럼도 느껴졌다. 한 번도 물에서 건진 시신을 본 적은 없지만 도깨비가 정말 강물 밑에서 걸어 나왔는지도 모르겠다는 생각이 들었다. 도깨비가 샅바를 거부했듯이 나는 도깨비를 거부하고 싶었고 그 거부감이 드는 상황에서 벗어나기 위해 도깨비의 귀에다 후, 바람을 분 다음 밭다리를 걸어 볼까 싶기까지 했다.

　머리가 흠뻑 젖었고, 목덜미를 타고 바람막이

안쪽도 젖기 시작했다. 도깨비의 짚 우비는 그보다 더 빨리 젖은 채였고, 비 때문인지 도깨비의 몸에 붙은 고둥류들이 이상한 소리를 내며 움직이기까지 했다. 바닷가에 가면 종종 사 먹곤 했었는데 그날 이후로 다시 고둥류를 먹게 되게까지 정말 긴 시간이 필요했다. 어쨌든 그것은 나중의 문제고 나는 떨어지기 시작하는 체온이 신경 쓰였다.

그 와중에도 의문이 들었다. 이거 정말 도깨비인가? 사실 도깨비가 아닌데 아무렇게나 묶어서 도깨비라고 부르는 거 아닌가? 진짜 도깨비는 따로 있는 게 아닐까? 아무래도 도깨비는 조금 더 즐거운 존재가 아니었나? 이를테면 혹을 노래 주머니라며 탐내는 약간 모자라고 때로 정의로운 그런 존재 말이다. 내 뱃살을 씨름 주머니라고 떼어 가

주길 바랐던 것은 아니다. 나도 그렇게까지 낙천적이지는 않았다. 하지만 말할 수 없이 끔찍한 그 존재를 도깨비라는 경쾌한 명칭으로 쉽게 받아들일수는 없었다. 몸이 떨려 왔고 나도 모르게 그 떨림의 진동수에 익숙해져 갔다.

"저기…… 신고받고 나왔는데요."

나도 모르게 감겼던 눈이 번쩍 떠졌다. 경찰들이었다. 나와 연배가 그리 차이 나지 않을 것 같은 젊은 경찰 두 사람이 난처하게 서 있었다. 뭐라고 대충 대답해 주고 싶었지만, 입이 벌어지지 않았다. 숨 한 번만 잘못 쉬어도, 말 한마디 분량의 힘만다른 데로 새어도 그 순간에 도깨비가 나를 넘겨버릴 것이었기 때문이다. 경찰이 아니라 누가 물어도 대답할 수 없었을 것이다. 나의 굳은 얼굴을 황망히 바라보던 그들의 얼굴에 점점 의심이 번져 갔다.

"폭력 사태가 일어나고 있다고 신고가 들어왔습니다."

어두운 곳에 씨름터를 골라잡았으나, 애초에 청기와주유소가 있던 자리였다. 수상한 눈길을 완전히 피하기는 어려웠다. 그 새벽에 누군가 투철한 시민 정신을 보였고, 복 받을 인간, 하고 나는 누군지 모를 사람을 속으로 욕했다. 어쩔 수 없이 입을 열려던 참이었다.

"내기 씨름."

갈라진 소라 나팔을 부는 것 같은 목소리로 도
깨비가 대답했다.

"내기…… 씨름요?"

당황해서 경찰들이 되물었고, 도깨비는 그들에
게 등을 보인 상태였으니 얼굴이 드러나 있던 내가
'껄껄껄 이거 쑥스럽습니다, 친구끼리 치기 어린
내기 씨름입니다.' 하는 표정으로 속없어 보이게
웃었다.

"그럼 문제없으신 거지요?"

한 번 더 면목 없다는 웃음을 지었다. 여전히 입
한 번 벙긋할 여력은 없었지만.

"적당히들 하시고 안전 귀가 하십쇼."

뭐라도 해야 했던 경찰들이 미진한 말을 남기고 돌아갔다.

해가 뜨기 직전의 어스름 속에서, 홍대 거리의 음악이 내키지 않는다는 듯 머뭇거리며 잦아들었다. 동시에 나도 완전히 힘이 빠지고 말았다.

도깨비는 신중했다. 언제고 나를 넘길 수 있는데 간을 보는 것 같았다. 그 상태가 지긋지긋해서 그냥 내가 졌다고 말할까도 고민했다. 정말로 그래 버리기엔 프로 선수였던 자존심이 허락하지 않았지만 말이다. 아무도 정확히 잴 수 없겠지만 내 발이 땅과 굳건히 닿아 있던 지점이 미묘하게 벌어졌다. 나는 공중에 뜬 거나 다름없었다.

이길 수 있을 거라 생각하고 버텼던 건 아니었다. 사실 그 망할 씨름을 시작한 지 얼마 되지 않아 이기기 어렵겠다고 판단했는데……. 그래도 비기고는 싶었다. 옛날이야기처럼 비기기라도 하고 싶었던 것이다. 이길 수 없으면 비기기라도 하는 삶, 그때껏 한 번도 살아 본 적 없었지만 말이다. 발가락에 쥐가 나려고 해서 괴로웠다. 도깨비는 대체 뭘 기다리는 걸까 의아했고, 내가 의아해할 때, 정말 바로 그때,

도깨비가 나의 중심을 무너뜨렸다.

가슴으로 확 내 가슴을 밀고 들어왔고, 그 바람에 깨진 고둥 껍데기가 그만 내 바람막이를 뚫었다. 작은 구멍이었지만 잘 보이는 곳에 났다. 그 비

싼 로고 위에, 로고를 지우며 구멍이.

그리고 그 구멍에서 신경질이 솟구쳤다.

그냥 신경질이 아니었다. 이십몇 년 어치의 신경질이었다. 그러니까 나는 한 번도 신경질을 내 본 적이 없었던 거다. 제대로 신경질을 내 본 적이. 나의 무겁고 둥근 몸, 그런 몸을 가지고 신경질을 내면 모두 꼴사납다 여겼으므로. 뚱뚱하고 둔해 보이는 아이가 신경질을 내면, 부모가 키우지 않는 아이가 신경질을 내면 아무도 받아 주지 않았으므로…… 내가 먼저 구기고 숨기고 모른 척했던 신경질이었다. 화를 낸 적은 있었어도 신경질을 낸 적은 없었다.

"야 이 ×새야, 할머니가 사 준 바람막이란 말이야! 아, 진짜 나도 좀 살자!"

그와 동시에 이미 다 기울어 있었던 허리로, 알고 있긴 했지만 실전에선 한 번도 쓴 적 없는 기술을 썼다. 왼배지기였다. 화려한 기술, 프로였을 때도 써 본 적 없는 기술이 나왔다. 만약 내가 내 몸 밖에서 이 광경을 볼 수 있다면 그림같이 아름다우리라, 도깨비를 던져 넘기며 그 짧은 순간에 나도 모르게 생각했고 나중에 CCTV를 확인해 보니 정말 그랬다. 씨름 선수로서 내 마지막 기술은 아름다웠다. 신경질적으로 아름다웠다.

아주 안 좋은 소리를 내며 도깨비가 뒤로 나가떨어졌다. 모래밭이 아니니 충격이 꽤 컸을 것이다. 도깨비는 아파서인지 아니면 내기에 진 게 분해서인지 잠시 그대로 누워 있었다. 하늘을 보는지 어디를 보는지, 수포로 덮인 입술이 살짝 벌어졌다. 이내 도깨비가 몸을 일으켰고, 일어난 자리에는 으깨진 다슬기랑 고둥 살이 약간 묻어 있었다.
나는 토하지 않기 위해 무진 애를 썼다.

"50년."

그밖에는 아무 말 없이, 도깨비가 다시 맨홀 뚜껑을 열고 아래로 내려갔다. 무거운 뚜껑이 닫히자 아무 일도 없었던 것만 같았다.

나는 슬레이트 칸막이에 기대어 해가 뜨는 걸 보았다. 다쳤나, 온몸을 천천히 확인해 보았지만 다친 근육은 없었다. 해가 완전히 뜨자, 점장님이 데리러 왔다.

"이겼어요."

점장님은 놀란 것 같았지만 놀라지 않은 척했다. 우리는 CCTV를 함께 확인하고 지웠다. 동영상을 간직하고 싶은 마음도 있었는데 그러면 안 될 것 같았다.

헤어지기 전, 점장님이 내 바람막이를 보더니

근처 매장에 가서 똑같은 걸 사 주려 했다. 지난 시즌 물건이라 똑같은 건 없었다.

"괜찮아요. 제가 인터넷으로 살게요."

나는 손바닥으로 뚫린 부분을 쓸었다.

점장님은 약속을 지켰고, 여러 명의 전문가가 붙어 나를 골프 선수로 만들었다. 타고난 체질이 있어 완전히 날렵해지진 않았지만 나는 파워풀한 골프 선수의 몸을 가지게 되었다. 국내외의 대회에서 괜찮은 성적을 거두었다. 최고의 선수까진 아니라도, 종종 상금도 타고 스폰서도 붙었다. 비 오는 날 조금만 더 성적이 좋았더라면 일류 선수가 될 수 있었을지도 모른다. 이상하게도 빗방울이 조금

이라도 날리면 공이 잘 안 맞았다. 도깨비의 심술이었을까? 그저 스트레스 때문이었을지도 모른다. 비는 도깨비를 생생하게 연상시켰고, 내기에서 져 심사가 뒤틀린 도깨비가 내 아이언에 벼락이라도 꽂을까 봐 움츠러들고 말았다. 평생 다슬기, 우렁, 소라, 고둥 그 비슷한 것엔 식욕이 들지 않았다. 할머니는 내 경기마다 따라다녔다. 나는 경기를 하다가 막힐 때, 응원하는 갤러리들 사이에서 할머니의 커다란 분홍색 모자를 찾는 게 좋았다. 돌아가시기 이틀 전까지 경기를 보러 왔기 때문에, 할머니의 죽음은 내게 너무 갑작스럽게 느껴졌다. 어찌나 울었는지. 그건 아마 할머니가 병마와 죽음을 끝까지 모른 척한 결과였을 것이다. 친구들의 조부모님, 부모님들이 돌아가시기 시작하자 그 갑작스러운 죽음이 사실은 축복이었다는 걸 뒤늦게 깨달았다. 할머니의 노년을 내가 조금 편안하게 해 줄 수 있었던 것에 만족한다. 다시 돌아가 도깨비와 씨름을 하겠느냐고 물어온다면 몇 번이고 그러겠다고 대답하겠다.

마지막으로 점장님을 본 건 내 결혼식에서였다. 나는 선수 생활에 집중하다가 느지막이 결혼했다. 가족이 없는 나는 일로 아는 사람을 많이 불렀고, 신부 쪽도 손님이 많아 식장은 정신이 없었지만 오이지 같은 노인은 금방 눈에 띄었다. 점장님은 식 직전에 도착해서는 비어 있는 부모 자리에 자기가 앉겠다고 했다. 나는 그러시라고, 그래 주시면 감사하겠다고 했고 장인 장모님은 좀 갸우뚱하셨던 모양이지만 어쨌건 내 양아버지였다. 비스듬히 앉아 나와 신부의 인사를 받은 점장님은 그로부터 몇 년 더 버티지 못했다. 암이었다.

점장님의 유산에는 청기와주유소가 있던 곳의 빌딩 지분이 포함되어 있지 않았다. 그래도 상관없다고 생각했다. 나와 같이 골프 선수였던 배우자가 워낙 재산 관리를 잘해서 그 땅까지 탐나지는 않았다. 늦게 얻은 두 딸은 나를 닮았는지 배우자를 닮았는지 근골이었다. 코어도 좋고 하체도 좋았다. 그래서 한 사람이라도 씨름을 해 줬으면 했다.

"아빠, 무슨 스포츠 영화를 보고 또 그런 생각을 했어? 아버지와 딸이 나오는 감동적인 영화였던 거야?"

큰애가 어이없어했다.

"나는 테니스 할 건데? 아빠도 씨름보다 골프 오래 했잖아. 왜 하필 씨름이야?"

작은애는 납득하지 못했다.

억지로 시킬 수는 없는 일이었고, 두 아이와 배우자가 건강하고 안전한 게 최우선이었다. 나는 골프 연습장을 취미 삼아 운영하며 느긋한 중년의 시간을 보냈다. 안온하게 이어지는 행복을 지키기 위해서라면 매일 밤 도깨비와 씨름을 해도 좋겠다는 생각이 들 정도였다.

그 생각을 도깨비가 알 수 없는 방식으로 들어버린 걸까?

어느 날, 배우자에게 웬 전화가 왔다. 사모님, 괜찮은 물건이 있습니다, 식의 뻔한 광고 전화였다. 배우자가 어떤 직감으로 전화를 끊지 않고 들었는지는 모르겠다. 청기와주유소 터에 세워진 빌딩의 증축 리모델링 분양분에 대한 홍보였다. 나는 바로 곁에서 배우자의 표정이 변하는 걸 지켜보았다. 전화 내용을 듣지 못한 채로도 코로는 비릿한 비 냄새를 맡았다. 그때까지 내 이야기가 허풍이라 생각했던 배우자는 굳은 얼굴로 어떻게 할까 물었다. 그렇게 물으면서도 내 대답을 미리 알았을 것이다.

살 수밖에 없었다. 뒤끝 있는 도깨비의 승부 제안을 거절할 수 있을 리가.

약속한 50년이 8년 남았다. 그 사실이 더 나를 아득하게 만든다. 벌써 42년이 지나 버렸다는 것이. 충만한 시간이었지만 어떤 날은 바람처럼 지나가 버린 듯 느껴진다. 문득, 애초에 승부 약속을 혈연을 통해 물려줄 수 없게 설계되어 있었는지도 모르겠다는 생각이 들었다. 도깨비는 비열하면서도 공정한 모양이다. 문제는 절박하고 절박한 씨름 선수를 어디서 구할 수 있을지다. 그때의 나처럼 겉으로는 아무렇지 않은 듯, 안쪽으로는 살아가는 일의 비참함에 이를 악문 이가 어딘가에 아직은 무른 살로 걷고 있을 텐데. 물 밑에서 걸어 나온 끔찍한 몰골의 도깨비에 등 돌리지 않고, 샅바도 없이 밤새 씨름을 할 스스로의 단단함을 미처 발견하지 못한 이가. 우리는 서로를 도울 수 있을 것이다.

어쩐지 머지않은 날, 만나게 될 거라는 예감이 든다. 나를 닮은, 일찍 은퇴한 씨름 선수 한 명이 내 인생에 걸어 들어올 거라는 그런 예감이. 8년이 남아 있으니까. 8년이나 남았으니까.

사람을 만날 때마다 묻는 게 요즘의 일이다.

"아는 애 없어? 덩치 좋고 힘 좋은 애로?"

조바심을 숨기면서, 태연하게.

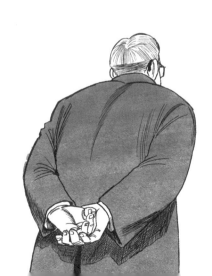

정세랑

오래된 이야기를 다시 쓰는 걸 좋아합니다.
어두운 것들은 언제나 도사리고 있겠지만
우리는 단단하고 빛나는 곳을 골라 디딜 수 있을 겁니다.

소설의
첫만남 **13**

청기와주유소 씨름 기담

초판 1쇄 발행 | 2019년 6월 21일
초판 9쇄 발행 | 2023년 1월 9일

지은이 | 정세랑
그린이 | 최영훈
펴낸이 | 강일우
책임편집 | 정소영
펴낸곳 | (주)창비
등록 | 1986년 8월 5일 제85호
주소 | 10881 경기도 파주시 회동길 184
전화 | 031-955-3333
팩시밀리 | 영업 031-955-3399 편집 031-955-3400
홈페이지 | www.changbi.com
전자우편 | ya@changbi.com

ⓒ 정세랑 2019
ISBN 978-89-364-5900-0 44810
ISBN 978-89-364-5899-7 (세트)